JN149060

句集

景色

LANDSCAPE

佐藤りえ

六花書林

景色◎目次

装幀　真田幸治

景色

LANDSCAPE

犬を渡す

渡されて犬にほひたつうらら哉

星人に花冠のやうな木漏れ日よ

眠かつた世界史（ロマノフ朝の転機）

音楽家見てゐる春の虹の脚

こうさぎを貰つて帰る鳥曇

焼き網の焦げを落としてゐる春夜

茹で卵剝くとき猫の貌になる

テンピュール枕に猫のゐる暮らし

春駒を寄せてくるぶしまでの池
かぎろひに拾ふ人魚の瓦版
雛の日の即席めんをすするらむ
りりやんの穴に落ちしは春の蠅

探偵の衣嚢に桜貝はあれ

花過ぎて檻に唐獅子居眠るを

居残りの弓道場の揚雲雀

春宵をわたしの馬がついてくる

七人の妹たちへ

米国航空宇宙局（ＮＡＳＡ）は２０１７年2月23日、みずがめ座の方角に39光年離れた恒星「トラピスト１」の周りに、地球によく似た太陽系外惑星７つを発見したことを発表。同研究の論文は同日付の英科学誌ネイチャー電子版に掲載された。ネイチャー誌は論文の内容を報じたニュース記事で、発見された惑星を「地球の７つの妹」と名付けた。

群青のまほらに冷えてゐる母体

星産みの気合ひのやうな日雷

頭を寄せて博士がなぶる光分子

夏星に妹与へ七人も

つながつてゐたい宇宙と夏蓬

アリスほどに憂き妹のかひやぐら

佐渡島「飛沫がすこし気持ちいい」

しづこころなければ発射ボタン押す

ゆんゆんとロケット進む一〇〇馬力

既にしてチタマと呼ばれ星涼し

開けたことない戸の先の雲の峰

君は少しこはれてゐるね夏の月

＊三分後消灯

恋人の胸に蛍が載つてゐる

粉末状の生命体なら映画で見た

隕石の剣しびるるほどに振る

美しい名前を貰ふ月の石

溶けてきて飲み物となるくらげかな

バーコード状に目立てて産土を

地球っぽい星　人っぽいメカ　おけらたく

開拓史用箋燃やす夏の庭

箱庭も棲めば都といふだらう
夏星におーい誰かと呼ばふ声
地球恋しはつたい粉など振りまきて
帰省子と古い宇宙のお話を

夜伽話

義母と義姉踊りに踊る聖五月

餡ぱんの顔投げられて鳥雲に

夜半に聴く虎の涙といふものを

揚げ物にしてよしアラクニド・バグズ

大蛸が来て蛸が来て草生える

海市見てより絵のなかに潮鳴る

いくたびも池の頭に飛び込めり

文字書いてないところだけさはりなよ

おとうとに受難の続く童話かな

ロボットの手をふる庭や系外銀河

辛夷咲く土人形のてのひらに

さうでない家のお菓子を食べてゐる

二郎の庭に銀の羽根降り積むよ
みづうみにきれいなはうを置いていく
月涼し千年待つた頭蓋に

まるめろ主義

アストロノート蒟蒻を食ふ訓練

春雨や都庁の窓は暗すぎる

立子忌のサラダボウルに盛るひかり

声あげて笑ふをんなの春炬燵

淡水魚専門店や水温む

豆のいろうつすらさせて大福は

つちふるを刺繍のつぼみまたたいて

たつしえんと鞄を落とすイースター

万愚節音のおほきな鳩時計

まるめろや主義があるんだかないんだか

宇宙では液体ごはん食べてゐる

三伏や酒盗の皿に母の箸

乾電池銜へたやうな油照り

わかつたと叫ぶ警部と探偵と

横浜も新横浜も驟雨かな

空豆やさやゑんどうや官僚や

太陽でいつぱいだつた髪洗ふ

夏暁の月へ帰るといふ寝言

蛍狩りツアー深夜の飛行船

アントニーからウイルス削除の小鳥来る

酔ひ酔ひて椎茸になるかもしれぬ

地球惑星

靴下を濡らしてきたる野遊びや

首すぢの空気穴から春の塵

花闇に蓄光塗料の指の痕

盗賊A盗賊Bと風下へ

代替はりして倍ほどの野を焼けり

コッペパンになづむ一日や春の雪

アイシングクッキー天竺までの地図

麗かや理学部地球惑星科

醒めるたび函開けてゐる春の夢

父とゐて子とゐて犬の春休み

サイズは問はぬ菜花のおひたし

クジラ目ハクジラ亜目風光る

バスに乗る

バスに乗るイソギンチャクのよい睡り

マスタング路上駐車の青蛙

都バスに乗るメタフィジカルな門構へ

踵から脳を漏らしてひるさがり

さいたまにいくつの浦和バスに乗る
同じこと考へ継いで青田道
さよならの変はりの鱗バスに乗る
寄り道は徘徊ぢやない麦の秋

またバスに乗る透明な火を抱いて
沓脱の下の奈落の泥だんご
バスに乗るバビロンまでを遠まはり
ベランダに仙人掌と猫夏旺ん

乗るバスは走つてやがて止まるバス
風死んで吾の乗るバスを見送りぬ

怪雨

夏来ぬといへばジョージの胸毛かな

眩みて人馬宮から立夏の矢

四迷忌や点滴の痕もりあがる

ミルクティーミルクプリンに混ぜて夏

イミグレの列太巻きの如きなり
西方のあれは非破壊検査光
夏痩せて肘からのぞくベアリング
いをかはづ降つてうるほふばかりなり

人工を恥ぢて人工知能泣く

呪はれて月赤からむバンガロー

怪雨激し三角の布額にして

パリの地図ひろげておとなしい孔雀

化野ははだしで行くにふさはしい

人間に書けない文字や末草

夏の少年秘蹟を信じ目瞑りぬ

一本に警官ひとり夜の新樹

開かれるまでアルバムは夜の仕事

笹の葉さらさら徳のある死後の名よ

クリスチャン・ベールたまさか夏痩せて

鋸引きてふ刑思(も)ふ氷待つあひだ

先物のデントコーンの夢を見る

変態は顔を隠して夏の月

船幽霊夜釣りの竿に触れて来し

生きてきてバケツに蟻をあふれしむ

蓋といふ蓋に地獄と書いてある

カエサルの浮き輪は重し虎が雨

犬憑きと狐憑きとの舟遊び

展翅板百度に余熱爽やかに

紙の馬くべて夜焚を太らせむ

座高たかく尿（ゆまり）す霊も夏越かな

罪よりもわづかにかろき繭を煮る

人といふうんち袋や炎天下*

茄子持つて地震速報見てゐたる

満身の鱗剝落人となる

櫂として人も乗せたる蓴舟

繁殖も繁茂もをかし額の花

孔雀あかるく采女の庭を掘りかへす

＊質問㊷人間とは何でしょう。
鷺沢　ウンチ袋（笑）。

鷺沢萠に62の質問（「月刊カドカワ」１９９１年２月号）

雲を飼ふやうに

本むねに抱へて眠る十二月

踊れない方に加はるクリスマス

ひとりだけ餅食べてゐるクリスマス

「火を持つて来い」と狐のクリスマス

電飾が電気を喰らふクリスマス

いささか泪目で
木偶の子の鼻削りをる聖夜かな

靴を縫ふ小人の針のクリスマス

人形のをかしな動きクリスマス

職務質問逃げ出す黒のインバネス

星の街玻璃のお皿の毒団子

丼に饂飩流れていく師走

人間の住めない家の北塞ぐ

道祖神笠で雪搏つ年の内

廃園やシャベルが立つてゐる砂利に

部品屋に部品を売つて年暮るる

本能のひとつの焚火もやしけり

人形の頭を占めてゐる時間

雲を飼ふやうにコップを伏せてみる

月も灯も容れて深夜の水たまり

キャラメルの箱より欲しいマッチ箱

年の日の住宅街のいいにほひ
空き家その狭庭の果樹を囃しけり

団栗交換日記

オルゴール盤いつぱいに春の星座

朝寝して遊園地の夢で疲れる

洗はれるチーズの気持ちになつてみる

炎天の運動場をあと五周

はんざきの眼に映る天国や

蛇衣を脱いで二重に整形す

海老名まで各駅停車秋の虹

刺青から蜥蜴這ひ出す寝待月

色鳥や矛盾だらけの案内図

銀杏を奴隷のやうに拾ひます

雷電の錦絵なんといふ九月

団栗の交換日記三冊目

夜間降雪注意報とて逢ひに行く

鳥類の図鑑を繰るも雪催

兎道歩いて行くの裁判へ

麝香

秋晴れやひたひに眼あきさうな

鉄球にビル崩されて鰯雲

火をつけるまへのまなこのさゆらぎよ

鳩吹いて何（なん）の応へもない真昼

童顔の仏画見上げて文化の日

エクレアをよつてたかつて割る話

月世界兎が跳ねてゐるはずの

恋人が針呑むやうに静かな夜

おとなしく麝香を嗅いでゐればいい

蹠を孔雀の羽根で擦る係

つぎの世へ何を連絡する係

鶏頭の裳裾ひるがへして遊行

馬追がはづかしさうに逃げて行く

蜻蛉とるしか脳ないをとこ秋彼岸

色鳥の夢から木の実摘み出す

泥沼に仏手柑放る銀となれ

大丈夫

生存に許可が要る気がする五月

裏声の占星術師夏きざす

飽きられた人形と行く夏野かな

朝蜘蛛がピアノの蓋を横切りぬ

中空に浮いたままでも大丈夫

くづほれてさなぎのやうな稲荷寿司

金星も火星も月も夏休み

濡れてゐて光つてもゐる孵かな

休日はウツボカズラを擬態する

羽衣は天女の水着ひとへなる

炎天の隣の駅が見える駅

ゴーヤ爆ぜて独居老人留守の家

かはほりを繋いで歩く女の子

あななすやうつけてゐれば夜が来る

まだ氷溶けないでゐる舌のうへ

みちのくの鹿の子はよい子舌を出す

蓮見てもいいし舟漕いでもいいし
現実の水風船のふくらみぬ
崖うへのゆすらをさはに欲しがりき
もろこしや月の光で地図を読む

甲虫組み伏せあつて昼下がり

蟇なくや夫婦別姓表札や

日傘など呉れて優しい男かな

中華飯店おとがとほつていくからだ

老人になれる日までの花いばら
ここへ来て滝と呼ばれてゐる水よ
うしろ姿は夜釣りの人に見えるはず

空船

琺瑯の薬罐の重さ秋の燈に
伏玉は夜露にかほを洗ふなり
点と線繰り返されて県境
草市へ天まで伸びる豆売りに

俊成の花押に見ゆる空船(むなしぶね)

ゐない人だらけの無人駅野分

香木と知られず燃え落ちる木橋

火星大接近卒塔婆ゆるがるれ

黄落やひとでゐるのもむづかしい

まだ誰も帰つてこない茸山

穭田にハンク千体あらはるる

数へれば光つてみせる秋の星

がつぽんと蹴る水たまり宗祇の忌

武蔵野に昔掘つ立て小屋の秋

年頃の子もなし沼は末枯れて

露霜や此の世はよその家ばかり

歌ををしへる女

渚の砂は、崩しても、積る、くぼめば、たまる、音もせぬ。ただ美しい骨が出る。貝の色は、日の紅、渚の雪、浪の緑。

泉鏡花「春昼後刻」

かはほりに歌ををしへる女(め)のありき

中庭を宇宙のやうに初蛍

望月に小便かかる体位かな

くちあかき座敷童の小走りに

灰皿に画鋲混ざつてゐる良夜

犀川に古俳のやうな雨の降る

追ひやれば硝子の外の秋の蠅

橋もまた灯点し頃は睡からむ

後鳥羽院鳥羽院萩で擲りあふ

崖に来て饒舌になれ草紅葉

をぢさんが金魚を逃すその小波

月の雨虎狼となりし王の墓

満月の夜の羊はあをじろい
双六の上がりは郷里小鈴振る
灯りからひかりが逃げる西鶴忌
払暁の墨池にとほく雁渡る

替へ釦

葬送や菊が花弁を離さない

儀の文字の小ささ蜻蛉飛びまはる

閉ぢてなほ明るき青果店に冬

しはぶいてあたまの穴のひろがりぬ

見るからに重い土瓶をさげてゐる

綿棒で叩いて渡る冬の橋

ランドリータグにコートの替へ釦

お湯かけて縮んだ部位を見てゐたり

心臓も狐色かよ野を駆つて

側面が平らな家や花八つ手

遊ぶほどにせつなし垂れる水洟や

はしをつて雑巾がけを花野まで

厚着して紙を配つてゐる仕事
抱きしめてやれぬストーブを点ける

銀を噛む

山犬として深霜を踏みゆかな

懐を押さへて歩く芭蕉の忌

姉妹（あねいもうと）所詮住まふは貝の家

跪く毛足の長い絨毯に

銀を噛むほどにくだけてゆきしかな

エレベーターに毛皮のをんな来てしづか

ロシア帽みたいな鬱をかむつてる

狐火を焚いて迎へてくれさうな

曇り窓拭つておいでレノンの忌

去年よりおほきな熊手売つてない

雪のおとつらぬけば耳研がれるよ

道の辺に燃え尽きてゐる雪女郎

シベリアに水疱瘡のやうな穴

頰被りはづしてひとを呼びに行く

寒菊や遠くに澄んでゐる海は

寝穢くゐつづけ春を待ちやがる

柑子を掲ぐ

昔時人已没
今日水猶寒

駱賓王「易水送別」

悴みて銃眼の穴ふさぎをり

はしけやし冬沼に鳥数へゐて

寒き夜のお守りならむ雪兎

万の足に踏まれはなやぐ枯野行

黒コートの釦もせずに老刑事

冬山に人工知能凍ててをる

霜柱踏み踏み外し別世界

病鴉凍つた雑巾は折れる

多数派になつてしまへよ寒鴉

答へうるものあらざるに寒月が

総括せよ氷湖のあをいテーブルに

醜の秋手の鳴る方へ行きたがる　鬼房

四方の手を鳴らされ鬼の身の裂ける

ひとしきり泣いて氷柱となるまで立つ

凍鶴を引き抜く誰も見てゐない

皆死んでちひさくなりぬ寒苺

藪柑子掲げ小暗き燈かな

過激とは風景竹が雪折れぬ

鬼の子の氷柱を食べてゐることも

雪眼鏡透かして群青の深雪

勝者敗者いづれ貰へぬ蜜柑山

逆剝ぎの新巻鮭が湯の中に
かぴたんに貰ひ釘して棺幾つ
しぼられてあはきひかりの世となりぬ
魚尾は尾をふるはせながら寒林へ

望郷篇

四方から春著の猿の来たりなば

船の乗るビルもたゆたふ二月空

蒲公英についてくはしく考へる

末黒野のあたまのやうな黒光り

盆の窪押されて春のこゑがでる

仮想敵打ち据ゑ猫の仔の停止

音速で花摘む吾妹オリンポス

カーテンなくて桜の見える部屋

痰壺を眺めて春の日の暮らし

をちこちの砂地ふくらむ地球かな

ポンヌフは新しい橋鳥交る

口開けて凧を見てゐる男の子

ものの芽を数へる暮らし公園に
俯せでメヌエット聴く死にたがり
花茣蓙に身捨つるほどの戀もなし
うるはしき地球忘れてしまひけり

ハッピー・エヴァー・アフター

初御空ムスカイボリタンテス飛翔

裏白を挟んで去年の新聞紙

大服や音量を絞ると言へよ

春着着てちつとも似てゐない家族

首か椿か持てない方を置いて行く

愛情に圏外あつて花筏

渡河といふならずものらの遊びかな

その後の幸福といふ花疲れ

散つてなほ桜を辞めぬ桜かな

迷迭香(まんねんろう)ヒエログリフのわたなかに

ひよこ固まりぼうろのやうに揺れてゐる

足首を摑んで投げる鳥雲に

『景色』三三三句　畢

あとがき

ぼんやりしているうちに四半世紀ほどが過ぎてしまった。俳句のようなものを読み書きしながら流れた時間を振り返ろうにも、その景色は曖昧かつ朦朧と、杳として知れない。ただいつでも、どこにいても、この身は仮寓であるという思いはついにぬぐいえなかった。常にどこか所在なく、浮草のような現身を扱いかねながら、偶々此の世に端居しつつ、気づけば手になにか書くものを握り、日々紙を汚している。

本書には二〇〇三年以降の三三三句をおさめた。いくつかの章を除き、大半を制作年にかかわらず加筆・再構成した。

一部の構成について小津夜景さんから貴重なご助言をいただいた。また、その折の暖かく真摯な励ましの言葉は制作における大きな原動力となった。記して感謝申し上げる。

出版の一切を六花書林の宇田川寛之さんに、装幀を真田幸治さんにご尽力いただいた。このご縁がなければ、本書を作ることはなかったと思う。厚く御礼申し上げる。

またぼんやりと浮世を漂いながら、ペンを握っている。

二〇一八年菊月

佐藤りえ

佐藤りえ（さとう・りえ）

一九七三年宮城県生まれ。十代より独学で俳句をはじめる。二〇〇五年「恒信風」参加。二〇一七年より「豈」同人。第四回攝津幸彦記念賞若手推薦賞。

メイル：fragile08@gmail.com

景色　LANDSCAPE

二〇一八年十一月二十七日　初版発行

著　者　佐藤りえ

発行者　宇田川寛之
発行所　六花書林
〒170-0005　東京都豊島区南大塚三-二四-一〇-1A
電話〇三-五九四九-六三〇七　FAX〇三-六九一二-七五九五

発　売　開発社
〒103-0023　東京都中央区日本橋本町一-四-九　ミヤギ日本橋ビル八階
電話〇三-五二〇五-〇二一一　FAX〇三-五二〇五-二五一六

印　刷　相良製版印刷
製　本　武蔵製本

定価はカバーに表示してあります。
ISBN 978-4-907891-72-5　C0092